KB147739

유년의 뜰 고향집은 온통 꽃밭이었다

나답게 사는 시 006

유년의 뜰 고향집은 온통 꽃밭이었다

지은이 | 김귀자
펴낸이 | 一庚 張少任
펴낸곳 | 답게
초판 인쇄 | 2021년 7월 15일
초판 발행 | 2021년 7월 20일
등 록 | 1990년 2월 28일, 제 21-140호
주 소 | 04975 서울특별시 광진구 천호대로 698 진달래빌딩 502호
전 화 | (편집) 02)469-0464, 02)462-0464
        (영업) 02)463-0464, 02)498-0464
팩 스 | 02)498-0463
홈페이지 | www.dapgae.co.kr
e-mail | dapgae@gmail.com, dapgae@korea.com
ISBN 978-89-7574-334-4
ⓒ 2021, 김귀자
나답게·우리답게·책답게

* 책값은 뒤표지에 있습니다.
* 잘못 만들어진 책은 구입하신 서점에서 교환해 드립니다.

나답게 사는 시 **006**

유년의 뜰 고향집은
온통 꽃밭이었다

김귀자 시집

도서
출판 **답게**

김귀자(시인, 아동문학가)

강원도 원주 출생

* 2000년 《믿음의문학》 동시,
  2001년 《아동문학연구》 동화,
  2002년 《문예사조》 시, 신인상

* 천강문학상, 세종문학상, 불교청소년도서저작상,
  한정동아동문학상, 등 수상

* 시집 『백지위의 변주』, 『백지가 되려하오』,
  동시집 『옆에만 있어줘』, 『반달귀로 듣고』,
  동화집 『종이피아노』, 『마음을 찍는 사진기』 등

2부 울어도 눈물 없는 시詩

3부 바다를 품은 시詩

소중한 또 하루, 삶의 새벽을 열며

일어나! 정신 차려!

'코로나19'로 갇혀 겨울잠 자듯 웅크린 나를 3월의 산뜻한 봄기운이 화들짝 깨워 일으킨다.

마냥 나태해진 게으름에 채찍인듯, 시집 출판을 기획하고 있다는 지인의 전화가 한 모금 산소 같은 목소리로 반갑게 들려왔다. 어떤 일이든 의도하지 않아도 기회는 뜻하지 않은 곳에서 뜻하지 않게 온다.

베란다 창을 열고 햇살을 듬뿍 받으며 아직은 차갑게 느껴지는 공기를 가슴 깊숙이 들이마신다. 그래, 또 한 발 내딛어 보는 거야.

늦깎이 문단생활 21년 차, 이젠 좀 영글어질 만도 한데 여전히 미숙하다.

나는 유명시인이 되기 위해 시를 쓴 것도 아니고, 시인이라서 조급해하며 시를 쓰고 있는 것도 아니다. 삶이 힘겨울 때, 나를 추스르기 위해

'힘들다', '아프다', '슬프다', '그립다', '사랑한
다……'고. 자연 또는 사물과 대화하며 서툰 나
의 언어를 시의 빛깔로 채색해 보았을 뿐이다.
그 마음이 얼마큼 진솔하게 시의 빛깔로 입혀져
공감할 수 있는지 모르겠다. 부끄럽지만 세 번째
시집을 엮게 되어 감사하다.

첫 번째 시집 『백지위의 변주』는 천진한 아이
가 시라는 새로운 세계를 발견하고 음악을 여러
가지로 바꾸어 연주하듯, 서툴지만 '다양한 무늬
로 높낮이 화음을' 시적 변주로 펼쳐보았고, 두
번째 시집 『백지가 되려하오』는 '삶과 인생의 문
제, 부조리한 사회의 문제, 그리고 서정성 회복
의 문제' 등을 다루었다(문효치 시인의 평설에서). 세
번째 시집 『유년의 뜰 교향집은 온통 꽃밭이었
다』은 삶과 인생의 서정시라 할까! 몇 년 사이
에 내가 가장 아끼고 사랑하는 형제, 친척, 가까
운 친구들이 해마다 하나 둘씩 떠나갔다. 담담하
게 받아들여야 할 아픔과 비움, 회한, 사랑과 그
리움 등을 모든 피조물과의 관계 안에서 삭여본
조각들이다. 시는 시인의 마음이고 꽃이라 했던

가? 화려하고 향기 짙은 탐스러운 꽃이 못 되어
도 좋다. 아침 이슬 머금고 눈부신 햇살을 받아
생기가 돋는 작은 풀꽃이라도 사랑하는 님의 눈
길만 있다면 행복하다.

2021년 초여름

김 거 자

1부 나답게 사는 시詩

빨간 우체통

가을비 내리더니 그리움처럼 내리더니
수취인 없는 그에게로 가는 길 멀고멀어
몇 날 며칠을 홀로 네 안에 갇혀 미치나니,
뜨겁고 뜨거워도 태울 수 없어
빨갛게 데인 연서 한 잎, 그냥 그 자리
한 발짝 떼지도 못하고 네 안에 갇힐 수밖에

연을 띄우며

이정표도 없는
하늘길을 간다

휘이휘이 허공에 팔 휘저으며
처음 떠나는 낯선 길 찾아간다

마중길도 허허로운 하늘길
홀로 헤매 돌까 저어하노니

님이여!
나 함께 손잡고 하늘 문 닿거들랑
없는 자리라도 하나 만들어
그대 곁에 놓아 주오

웃음

웃어라
웃어라

늘 웃으며 살라 하지만
눈물 없이
어찌 웃을 수 있겠니

웃을 땐
눈물 나게 웃어라

웃음은 울음의 열매다

이제야 알았습니다

  궂은 날이나 장마철이면 가슴 아리게 들려
오는 고향의 숨소리
  천식인지 해수인지, 들숨을 따르지 못하는
날숨의 버거움에 눕지도 못한 채, 베갯머리 엎
드려 밤새 식은땀 흘리시던 어머니, 헐헐 가쁜
숨 턱밑에 차올라 거친 휘파람 소리 색색 울리
며 힘겨워 해도, 무심한 계집아이는 아무것도
할 줄 몰랐습니다. 어머니는 원래 병원도 소용
없고, 약도 없는, 그냥 그렇게 생으로 견뎌야
하는 아픔인 줄만 알았습니다.

  철없던 계집아이가 어미 되어 목련꽃 피는
봄이 온다 했더니, 어머니는 꽃 마중 가셨는지
구름마차 따라 가셨습니다. 마중길은 섧도록
멀기도 합니다. 저녁놀 끝자락에 매달린 붉은
눈물, 하얗게 살아나는 가쁜 숨소리, 코끝 아
려오는 꽃과 꽃은 그렇게 피고 졌습니다

이제, 어머니 호흡기를 닮은 계집아이가 할머니 되어 휘파람 소리 울리는 목구멍에 약 한 봉지 털어 넣고, 가볍게 숨 고르며 아, 이렇게 편히 쉴 수 있는 것을……

꽃비 날리고, 주룩주룩 비가 내리고,

잠들기보다 힘들던 숨쉬기- 흠뻑 젖은 모시 적삼 어머니 내음

그립고 애달파서 또 울음 같은 시린 비가 내립니다. 어머니!

어머니 2

내 어린 시절
문고리가 손에 쩍쩍 달라붙고
처마 끝에 고드름 주렁주렁 달리던 겨울밤
추위 이겨낼 내복 한 벌 구하기 힘든 어려운
살림에
털실로 짠 낡은 옷가지들 모아 올을 풀어
길어야 두 팔 길이,
짧은 건 한 뼘,
동강동강 끊기는 자투리 실
잇고 또 이어서
다시 한 코 한 코 손뜨개로 짠 알록달록 속
바지
싫다고 투정 부리던 막내 울음 다독여 입혀
주시던 어머니
바지 안쪽은 수없이 이은 매듭으로 울퉁불퉁
그것이 차마
당신 아픔의 흔적 같은 속울음일 줄이야

늘 불평 없이 고운 모습 보이시던 당신의 삶
이었음을
이제사 아린 세월이 그리움에 시려옵니다

세한지우歲寒之友
- 동백꽃

그해 겨울,
숫눈길 마중 나와 꽃향기 토하던
침묵의 별빛

그리움 겹겹 가득 머금은
불꽃 심장이 울컥
발그레한 입술을 벌리고 누웠다.

서슬 퍼런 잎새 겨드랑이 사이
검붉게 독 오른듯 타는 살점
빳빳하고 날선 매운 칼날의 손놀림을
그토록 곱살스레 지키고 버티다가
쓰러져도 추한 모습 보이기 싫다던 절조

'누구보다 더 당신을 사랑한다'*고

피도 눈물도 설운,
뜨거운 순간의 젊음
툭, 떨어뜨리는
새빨간 울음주머니

* 동백꽃 꽃말.

사과
- 얼룩

사과를 깎으며
가슴에 묻은 얼룩의 말을 듣는다

과일즙은 식초로 닦아내고
사이다, 콜라는 소금물에,
김치 국물은 양파즙으로 지운다는데

불쑥 내뱉은 말의 얼룩
무엇으로 지울까!
가슴앓이 하다가 화석이 되어
두 눈 부릅뜬다.

꿀꺽 삼킨 '미안하다'는 말
슬그머니…… 또각또각 살을 에어
마음의 얼룩 녹여주는
옷을 벗은 사과 한 알

밤바다
- 불면증

검은 이불 뒤집어쓰고 누워버린 바다
그리 목 놓아 울고도
밤새 흐느껴 어깨 뒤척인다

어둠의 심장 속
달빛, 별빛 들어와 뛰는 소리

멈출 수 없는 수천 회로
날마다 앓고 있는
불치의 불면증

밀실에 앉힌 불덩이 하나
창이 훤하게 뚫고 나온다

고향 2

내 유년의 뜰
고향집은 온통 꽃밭이었다

앉은뱅이 채송화, 금송화, 봉선화, 백일
홍……
키다리 접시꽃,
해바라기 발목 잡고 기어오르는
나팔꽃의 수다가 터트리는 함박웃음

그뿐인가
치자꽃향기 감도는
열린 방문 앞에 오순도순
두레밥상 둘러앉아
도란도란 피어나는 꽃

쑥쑥 자라거라
칠첩반상 부럽잖은 어머니 밥상

달래 양념간장 콩나물밥
쓱쓱 싹싹 소박한 미소가
알록달록 꽃그릇
비우고 채우던 그리움이여!

고백

나는
바람둥이에요

해마다 바람을
한두 번 피우는 게 아니었어요
속살 비치는 뜨거운 여름날이면
더욱 활개 펴고 신바람이 났지요

부끄럼도 없었어요
언제 어디서나 보란듯이 가슴 열고
바람, 바람을……

그래도 버림받지 않고,
내세울 것도 없지만 사랑받고 사는 건
늘 내 뜻대로가 아니라
님의 뜻을 따라 살고 있기 때문이지요

오직 님의 손길 따라 움직이는
님을 위한,
님의 바람둥이

나는 보잘것없는
당신의 부채랍니다

황사

송곳바람이 불었다

새털보다 가벼운 먼지가
먹구름 덮어쓴 눅눅한 하루를 눕힌다

수많은 호흡기를 들락거리며 허공을 떠돌다가
따끔거리는 눈과 귀가 되어 침잠하는,
찢겨진 시간

입안의 부드러운 살점 하나가
칼끝보다 더 날카로운 것을……
제 것이라고 날름거리며 여과 없이 전해지
는 통증,
실어증 같은 깊은 외침으로
웃음 속에 황사처럼 묻혀 있다

우는 것보다 웃는 것이 더 힘들다는 걸,
'모난 것, 뾰족한 것, 별난 것보다
둥근 것이 더 상처받고 피를 흘린다는 걸'
새삼 알겠다

그냥 마스크를 하라 한다
목줄 타고 흐르는 오름잘룩창자, 가로잘룩
창자,
에스결장까지 고스란히 느껴지는
생수 한 모금 마시고 싶다

2부 울어도 눈물 없는 시詩

고별의 노래

뜻밖의
울음이 날아들었습니다

돌덩이 같은 울음이
가슴을 뚫고 쪼개져 내려

구불구불 사금파리 깔린 길을
맨발로 돌아 돌아 걸었습니다

시린 바람 들어앉은 숲 그늘이
엇갈린 길을 지우며
뒤를 따라 걸었습니다

눈물 없는 소리가 더 슬플까!
소리 없는 눈물이 더 아플까!

이음줄 끊어버린
스타카토만 남아 있는 악보 위에

'울어도 눈물이 없는 새'가 되고 싶었지만
줄줄줄⋯⋯
구멍 난 물통이 되어 걸었습니다

괄호

갈잎 하나 툭 떨어져
도수 높은 안경 너머 시간을 돌린다

한 줄기 빛살
하루의 스위치를 켜고
아코디언 같은 갈피 속에 묻어버린
붉은색, 노란색, 검은색, 파란색……
때로는 비밀스레 얼룩진
곰삭은 시간들이 수군거리는 속을 들여다본다

잘려나간 아픔 하나 옆구리에 꽂고
새살 돋기를 기다리던 빛의 통증
비껴 간 바람 한 점을 만난 우울이
부글거리는 속을 눕힌다.
홀가분하게 떠나라고 한쪽 가슴 열었더니
연기처럼 빠져나간 살점들
닫힌 문 밖에 서서 이명을 앓고 있다

네 안에,
빛으로 들어온 시간과 어둠으로 걸어 나간
시간
먼 귀양을 떠나 쪼아대는 설움이
백지로 끝난다

그냥, 딱 한번만

돌아오는 길 잊으셨소?
앞만 보고 가시는 임

멀리 가물가물 점 하나

앞만 보고 가지 말라 아니 하겠소
그냥 딱 한번만 돌아서서

늘
하던 대로
앞만 보고 걸으시오

멀리 가물가물 점 하나

거기, 눈 먼 그림자 있을 거요
당신 닮은 점 하나

그는 시한부

며칠째 기세등등한 더위에
밤낮을 모르고 잡혀온 지친 시간이
낡은 소파 위에 주저앉는다.

혼자 떠들고 있는 TV 한 구석에서
수전증을 일으키며
가려운 등을 긁는 끈적한 효자손
퀴퀴한 땀 냄새가 묻어나온다

저런 저런,
밑도 끝도 없이 뇌이는
수진이 영숙이 숙희 희정이 선옥이,
골 깊은 기억 속에 새겨진 이름

삶이 녹아내린 눈물의 커피향
더치커피 한 잔이 코앞에 놓이고

담담하게 미소 짓는 얼굴 하나가 눈에 들어
온다
　　눈으로 들어온 그녀가 핏줄을 타고
　　온몸을 쑤시고 다닌다

　　-올 가을까지는 견딜 수 있을까

　　고개를 타래 메고 탈탈대며 떼쓰는
　　선풍기 바람이
　　향 잃은 커피 속에 흔들린다

낙엽

가을의 침실에
초록이 몸져누웠다

푸른 혈기로
뜨거운 언덕 넘어
가쁜 숨 고르던 숲길,
속 깊은 빗장 열어 짙푸른 물기 벗어놓고
저녁놀 스며든 잎 새
가지마다 걸린 모태의 탯줄 흔적 바라보며
돌아눕는 눈동자 노랗게 흔들린다

'나이 들수록 고운색이 좋다'시던
어미의 어미처럼
황혼길 붉은 옷 갈아입고
흙 침대 위에 누워 시름시름 잦아드는 생명줄
마른 등 들썩이며 흐느끼는 바람과 손잡고
바스락 바스락 바스러지는 여윈 몸으로

황토빛 유서를 남긴다

내 주검 머문 그 자리에
새로 태어날 봄이에게 입혀줄
연둣빛 배냇저고리
겨울서랍장 속에 꼭꼭 넣어 두었다고

낙조

숲을 울어주던 두근거림,

잠시 머문 숨소리
시간을 물어뜯긴 황혼의 파문

검은머리 쓰다듬던
눈길도 아니었고
흰머리 어루만지는 손길도 아니었는데
목울대 들썩이는
감긴 눈 속에 굴러다니는 통증

몹쓸 연줄 한 가닥 걸린 모가지에
휘몰리는 엇박자로
마른 입술 타는 꽃불

와르르 울음 떨구고 간
너는 붉은 바람이었다

노숙자

아스팔트 길가에 반허리 접고 누운
때 묻은 종이 한 장,
작은 풀꽃 한 송이가 힘겹게 붙들고 있다

무심히 밟고 지나쳤을
얼룩진 누런 피부에 내비친 숨결
신사임당 얼굴 한쪽이 찢기고 뭉개진
오만 원짜리 지폐다

한때는 힘 있고 말끔한 모습으로
세상을 돌고 돌며
누군가에게 소중한 존재로 품어졌을……
어쩌다 길바닥에 떨어져
힘없이 방황하며 잊혀져가는
초라한 모습이 되었을까

그래도 살아있음에
어느 누구도 싫어하거나 무시할 수 없는
존재 가치를 지니고 있다.
구김 없이 깔끔한 모습의 동료도 부럽지 않고
세종대왕 새겨진 푸르고 빳빳한 신권보다도 값진
그만의 가치를 인정받음엔 변함이 없다

놀라운 일

(사랑할까요?)
문득
쏟아지는 별빛……

갈나무 마지막 잎새 울렁거리고
텅 빈 가슴 울어대는
댓잎 피리 소리

숨을 쉬고 있었나 봐요
맥박이 뛰고 있어요

노을빛 품어 앉은
바위 틈새
풀꽃 한 송이

지구 한 모퉁이
쪼개지는 소리

달

오직 하나뿐인 당신

손톱만한 인연으로
덩그러니 그리움 하나 키워놓고
내가 가면 어디든 따라와
손가락 마디마디 설움 배어도
늘 그 자리 지켜주더니

불면의 밤,
온몸 시리도록 살빛 부서져 내려
넘실대는 바다 울음 속에서 당신은
춤을 추었습니다.

숨 가쁜 새벽
긴 밤 지샌 여운이 새록새록
침묵도 조심스런 수다가 되었습니다

담쟁이

어쩜, 넌
그렇게도 좋은 거니?
무뚝뚝하고 메마른 가슴을

스스로 선택한 길
떨어져선 살 수 없다고
그 여린 것이
뜨거운 눈총 다 받으면서

이젠 그만 헤어지라고 몰아치는
모진 바람, 서릿발도
맨살 드러나도록 견디더니

파랗게 질린 말소리 툭~
행복처럼 걸터앉은 붉은 창가에
달빛으로 찍어놓은 지문
어느 누가 지울 수 있으랴!

돌의 눈물

바람자락 매달아
차갑게 흐르는 음악,
삼종소리* 아련한 종탑 고요를 흔든다.

이명처럼 일어서는 숨소리
뎅그랑뎅그랑뎅그랑……

무거운 어깨 죽지에 날개 달던
십자나무 못 자국─ 오상(五傷)을 따라
무한한 사랑을 사랑한 당신

몇 수십 번의 365일
6시,
12시,
18시,
흠뻑 땀에 젖어 울려 퍼지던,

늘
그 자리
그 모습

이제 돌아보니
'희생은 기쁨이고 죽음은 삶'이라고
몸으로 일러주시던 흘려버린 말이
그냥 있는 게 아니었어요

삼종소리는
'심장을 꺼내 울리는'
돌의 눈물이었네요
아버지!

* 삼종은 종을 세 번 친다는 뜻으로 11세기 십자군이 성지
  회복을 떠날 때 승리를 위해 성당 종을 세 번 치면 기도를
  바치라는 데서부터 시작, 가톨릭에서만 볼 수 있는 삼종기
  도의 성당 종소리.

두드러기

무엇이 불만스러워 툭툭 튀어 나오는가! 가끔 먹구름이 끼긴 했다. '짜증'이라 써 있다. 티격태격 자주 부딪치는 그의 언어는 거칠고 메말랐다. 이에 맞선 못난 모서리의 안쪽은 건조했고 또 습했다. 건조해서 통명스럽게 털끝 세우다가 습해서 통통 불었다. 낮과 밤이 따로 없다. 밤과 낮이 바뀌고 또 바뀌어도 달라질 것 없고 하나일 수밖에 없는, 시도 때도 없이 함께 붙어 다녀야 할 운명 아니던가! 이유 모를 그의 불만은 스멀스멀 벌레처럼 기어 다녔다. 성깔 북받쳐 펄떡거리다가 제풀에 지쳐 늘어진듯, 더러는 때가 되면 떨어져나갈 희뿌연 각질처럼 힘없이 툴툴대기도 했다. 꾹꾹 눌러 토닥토닥…… 겨우 잠들었을까? 꿈틀대던 세포가 다시 번쩍 눈을 뜨고 붉은 독기를 뿜어댔다. 시뻘건 손톱을 곤두세워 누웠던 털끝을 자극했다.

바짝 촉을 세운 털끝과 약이 오른 붉은 독기는 날카로운 손톱의 동행을 더욱 부추겼다. 쫙쫙 그어진 붉은 선을 따라 시속 150킬로미터를 넘나드는 숨 가쁜 질주가 시작되었다. 2차선, 4차선, 6차선, 8차선…… 고속도로를 풀풀 날리는 걷잡을 수 없는 질주다. 어쩌라고, 어쩌라고, 고장 난 브레이크를 잡고 쓰러지기 일보 직전 비상등 켜고, 핏빛 울음 한 장 뜯어 피켓 들고, 그만해라, 그렇게 껴안고 살아라. 찢겨진 시간의 기억이 살에 박혀 훅 몰아치는 소용돌이 튀밥처럼 터져 괴로움 먹인 하루- 급한 마음 길가에 내려놓는 만삭의 여인처럼 기운해를 짚고 종료 버튼을 누른다. 그래도 잘 참았지!

뒤웅박

왜?
삶의 뒤안길에
?????
수없이 따라붙는 물음표

쇠사슬처럼 엮여
무겁게 걸고 늘어지는 물음표의 갈고리를
하나씩
하나씩 떼어내고 남는
......
비우며 찍히는 발자국

더 이상 이어지지 않는
말줄임표가 되어 머물 때
비로소
뒤웅박의 흔적은
비우는 연습의 마침표

일어서는 들풀

피붙이의 채움을 위해 비운 자리
눈물 고여 출렁거린다

덜컹거리는 바퀴의 하루가
수없이 꺾이고 굽혀왔지만
삐꺽대며 닳을수록 무거워져
가부좌로 편히 한 번 앉지 못했다

비상구로 빠져나온 숨소리
휘어지고 일그러진 채
잠시 누웠다 일어서는 들풀이 아니던가!

초가을 마른 숲 스치는 바람소리 같은,
시간의 파문

붉은 신호등 앞에 서성거린다
이제사 제비꽃, 붓꽃 기억하며
달빛 내려 수군대는 언덕, 아스라이
쑥부쟁이, 바람꽃 따라 풀꽃잔치 벌인다

3부 바다를 품은 시詩

바다를 담다

　물빛고요 찰랑거리는 천진해변, 스테이지
풀빌라 5층 조조관람석
　황금빛 커튼 드리운 설레임이 기다리고
　세상에서 가장 큰 무대가 시야 한가득 들어
왔다
　고깃배 한 척이 백그라운드를 장식한 초록
무대의 서막이 열리자
　그물처럼 엇갈려 잡은 하얀 손 나란히 무대
끝까지 달려 나와
　낮은 자세로 발밑에 엎드려 깊숙이 인사한다

　반짝반짝 윤슬 깔리는 금빛 조명 아래 갈매
기발레단 한 팀 서서히 등장한다
　잔잔한 파도의 음률 따라 엉덩이를 들썩들
썩 오리춤 추다가 수중발레묘기
　날마다 쉬지 않고 호흡 맞춰 얼마나 최선의
노력을 다했을까!

밀려오는 파도의 박수갈채 받으며 하나씩 둘씩 비상하더니

　갈매기 한 마리 잠수했다가 불쑥 나타나 수면비행 독무대 펼치고

　끊임없이 역동하는 무대 위의 퍼포먼스, 오랜 시간 숙련된 날렵한 몸짓이다

　해조음 어우러지는 자연의 소리 아름다운 합창

　어떤 예술가도 따라 할 수 없는 놀라운 대작의 파노라마!

　"비싼 값을 치르고 여행을 가면 '한 줄의 시'라도 건져 와야 아깝지 않다"고

　그 '한 줄의 시'가 사뭇 그리워 무릎 꿇은 빈손 못내 아쉬웠지만

　공짜로 무한 리필 되는 맑은 공기, 머물듯 흐르는 숨결, 태초의 빛과 어둠

생명 창조 예술 대가의 거작 연출을 맛보았
으니 본전은 찾은 것 아닐까?

바람

오지 말아요

억겁의 바위
뻥 뚫린
시퍼런 구멍 하나,
그대로 있을 테요

기억하지 말아요

그대 숨소리
숨어든
내 안의 북소리

바람 2

흔들리고 있다

보여도
보여지지 않는 투명 망토

소리 없이 찾아와
소리 없이 떠나가도
귓전에 맴도는 숨결

선線

하늘과
땅 사이

멀고도
가까운 거기에

홀로 넘어야 할
향내 품은 하람[*] 울어 예다

못내
아픔 한 줄기 머물러
내 앞에 가로누워

한뉘^{**}, 바라보며
넘을 수 없는 산마루
눈 바래기

* 소중한 사람이라는 순수 우리말.
** 살아 있는 동안(한평생).

시간 여행

빛바랜 일기장 책갈피에 마른 꽃잎
스치는 이름 석 자 꼬리 물고 십리 길
발효된 한 줄의 글 따라 천리 길
두 눈 감고 달려간 발자국 수만리 길

거기,
얼굴 붉힌 단풍잎 하나
툭 떨어진다

신한촌 기념비

블라디보스토크, 망향의 마을 외로운 숲길
선조들의 피땀 흔적 예서 보았다

지독한 울음 울던 멍든 가슴
100여 년의 역사를 고스란히 간직한 채
3개의 큰 기둥과 8개의 작은 비석
그 속에 녹아 흐르는 붉은 진혼

썩은 냄새 진동하는 시궁창에 빛이 들었다
천년 즈음 썩지 않을 주검 앞에
핏물로 엉겨 붙은
녹슬지 않은 이름표를 줍고
이승의 재생버튼을 눌러
설움과 그리움의 불을 댕겼다

신채호 이상설, 이범윤, 최재형, 홍범도, 안
중근……

몰아치는 광풍에도 뽑히지 않은 뿌리,
시퍼런 서슬로 사라진 조국의 숨결
끝난 사랑 아니더라
낚싯줄처럼 질긴 심줄
아직도 맥박은 뛰고 있더라

자박자박
빗속 발소리에
핏물처럼 묻어나는 향기,
몹쓸 비바람은 차갑고 쓸쓸해도
뜨겁게 스며드는 눈물
빨갛게 달아올라 구석구석 끈적인다

쌍패탕을 끓이며
-독감

동장군이 또 큰일 벌려
고집 센 황소 한 마리 잡았나 보다

쇠 떡심 낚아챈 바람잡이
이리저리 떠돌며 선심 쓰듯
골칫덩이 한 덩이씩……

내게도 은근슬쩍
슬그머니 풀어놓는 봉송보따리

거절도 못하고 얼떨결에 받아 끌어안고
끙끙, 가슴앓이 하다가
힘겨워 밀쳐내면
찐득이 같이 달라붙어 열 올리고
나가는 척하다가는 다시 눌러앉고……

몹쓸,
쉽게 끊지 못하는 연緣,
쇠심줄처럼 질기고 질기다
너는

'쌍패탕이나 마셔야지!'

아픔을 그리다

선이 그어졌다

면도날 같은
눈빛에 베인 꽃잎

검붉은 수액
뚝, 뚝

뼛속 깊이 흔들리는
하얀 여백

정갈한 수분 털어내고
벗어놓은 혼魂의 언어

그윽한 사랑 법 녹아내린
수묵화 한 점

어떤 고백
-꽈리

내 생의 풋풋한 언어를
둥글게 말아 고이 간직한 채
연분홍빛 밀어는 안으로 익어만 갔다

가슴 한가득 붉게 차오르는 설레임
행여 들킬까 꼭꼭 다져 감싸 안고
얼굴만 붉히는데

불꽃인 양 마주친 눈빛,
부드럽게 감겨오는 섬세한 손끝에
나긋나긋 떨리는 속살
그리움의 실타래를 조심스레 풀어내다가
속내 드러내고 정갈하게 몸을 비웠다

외로운 동공처럼 열린 동그란 입술
그대 입맞춤으로
영혼의 울음 같은 숨소리 터져 나왔다

호롱 쫘르르~
깊은 침묵 속에 품고 있던 한마디
신음되어 피리처럼 노래 불렀다

영원의 불꽃

하늘을 이고
우뚝 솟은 무명용사 탑!

님은 어찌 무명으로 누우셨나요?
유명有名은 무명無命이고
무명無名이 유명有名한 유명有明인가요?
비 내리는 하늘에서 빛을 보다니……

빗발치던 총탄에 내려놓은
아픔의 무게가
이름 석 자 간직하기도
그리 버거웠나요?

한 줌 재로 태워버린 넋을 싣고
깊은 침묵 흐르는 태평양 잠수함,
싸늘히 무릎 접은 그 이름
이제껏

울음 같은 바람 끌어안은 불꽃에
숨을 고르고 있었네요

눈 속에서도 활활
비바람 속에서도 활활
영겁의 세월 꺼지지 않는 등불
펄펄 끓는 젊은 피로 타오르고 있네요

우포늪 메모리

하루의 가장 늦은,
엉뚱한 시간의 발이 양말을 벗고
가장 빠른 시간을 향해 문고리를 당긴다

느닷없이 달팽이관을 뚫고 찌리릿,
정전기를 일으키며
발가락 세포까지 전해지는
발기한 사내의 절정이 꿈틀댄다

마름과 자라풀, 생이가래…… 융단처럼 깔린
도무지 깊이를 알 수 없는 우포늪
가슴 깊숙이 일고 있는 강도 높은 지진이다

하늘이 휘청거렸다
해가 뒤뚱거리고,
달도 비틀거렸다

흔들어 놓고,
흔들어 놓고,
말이 없다
1000여 종 생명의 기운 벅차다

스치는 바람은
어제도 불고 그제도 불고
오늘도 불었다

이과수 폭포

나는 보았다
솟구치는 물의 칼끝을,
부드러운 칼날의 번득임을,
그곳에 버티고선 고절의 무지개
무아경 빛의 경이로운 포옹을

누가 너더러
속없고 힘없는 물이라 했더냐
누가 너더러
아마존의 서글픈 눈물이라 하였더냐

절대 정직의 순수와
절대 의지의 진실한 외침
무서운 오르가니즘이다

인공수정
-유흥준의 시 「인공수정」을 읽고

푸른 풀밭에 누워 풀을 뜯고
서로 닮은 눈망울을 굴리며 맞닿아야 할
넓적다리 사이의 근육이
'수의사의 팔 하나를 묵묵히 다 받아내는'*
플라스틱 같은 쾌락
그래도 우량 수컷의 정액을 공수 받는 호사다

명품의 자존심 세우기 위해
특별 관리, 특별우대 받는
'귀때기의 플라스틱 번호표'*가
자연을 거슬러 누리는
서글픈 떨림이다

누가 알랴
인공수정을 받고 있는 소의
그렁그렁한 눈망울을

억눌린 그리움의 감정이 덜컥
슬픈 성문을 열어젖힌다

* 유흥준 시 「인공수정」에서.

할미꽃 2

가슴 속주머니에 감춰 뒀던
달빛 한 줌, 별빛 한 줌
노을빛 무지개 소리로
터져 나왔다
하늘이 그리웠나 보다

새봄이 오려나
어둠을 퍼내던 붉은 소리에
감았던 실눈 노랗게 뜨고
파릇파릇 파랗게 묻어난
바람 냄새
참았던 미소 지었다

뜻 모를 새 한 마리
하얀 날개 펴고 날아오른다